中国文学名家精品

Yinfu Shige Jingpin

殷夫诗歌精品

殷夫 著　李丹丹 主编

北方妇女儿童出版社

图书在版编目（CIP）数据

殷夫诗歌精品/殷夫著；李丹丹主编.—长春：
北方妇女儿童出版社，2015.1（2021.3 重印）
（中国文学名家精品）
ISBN 978-7-5385-8149-2

Ⅰ．①殷…　Ⅱ．①殷…　②李…　Ⅲ．①诗集－中国－
现代　Ⅳ．①I226

中国版本图书馆CIP数据核字（2015）第007511号

殷夫诗歌精品

YIN FU SHI GE JING PIN

出　版　人	刘　刚
责任编辑	王天明
开　　本	700mm×980mm　1/16
印　　张	9
字　　数	148 千字
版　　次	2015 年 5 月第 1 版
印　　次	2021 年 3 月第 3 次印刷
印　　刷	固安县云鼎印刷有限公司
出　　版	北方妇女儿童出版社
发　　行	北方妇女儿童出版社
地　　址	长春市福祉大路 5788 号
电　　话	总编办：0431-81629600
定　　价	26.80 元

前　言

习近平总书记在文艺座谈会上指出，繁荣文艺创作、推动文艺创新，必须要有大批德艺双馨的文艺名家。我国作家艺术家应该成为时代风气的先觉者、先行者、先倡者，要通过更多有筋骨、有道德、有温度的文艺作品，书写和记录人民的伟大实践、时代的进步要求，彰显信仰之美、崇高之美。

是的，当历史跨入21世纪的新时代，我们党发出了实现中国梦的伟大号召，掀起了轰轰烈烈的复兴中国文化的运动。这就要求我们站在时代的前沿，薪火相传，一脉相承，弘扬中国有史以来优秀的、光明的、先进的、科学的、文明的文化，融合古今中外一切文化精华，构建具有中国特色的现代民族文化，向世界和未来展示中华民族的文化力量、文化价值与文化风采。

就文学创作而言，就是广大作家要接过近现代中国文学名家传递的笔墨圣火，照亮时代的道路，创造文学的繁荣；广大读者则应吸收近现代中国文学的精神力量，认识过去的时代，投身当代的建设。总之，中国的复兴需要大家添光加彩！

回首上世纪初，中国掀起了伟大的反帝反封建的民族解放运动，广大作家以此为崇高历史使命，把文字作为投枪匕首，走在时代最前列，创作了大量优秀的文学作品，发出了代表时代最强音的呐喊，振聋发聩，唤醒广大人民群众，开创了新文化运动，创造了现代文学。

中国现代文学是指用现代文学语言与文学形式，表达中国现代思想、感情、心理的文学，是在"五四"新文化运动影响下，广泛接受外国文学影响而形成的新兴文学，产生了极大的历史推动作用。

在新文化运动推动下，广大作家汲取中外文学营养，形成了新的文学形态。他们不仅用白话语言表现现代科学民主思想，而且在艺术形式与表现手法上对传统文学进行深入革新，创建了新的文学体裁。在叙述角度、抒情方式、描写手段以及结构组成等方面，都有全新创造，极具现代特色，成为真正现代意义上的文学。

中国现代文学的主流是人民的文学，广大作家深入火热的战斗生活中，极大加强了文学与民众的结合，文学与进步的社会思潮及民族解放、革命运动的自觉联系，这构成了中国现代文学的基本历史特征与传统。此时的文学，以表现普通民众生活、改造国民性格和社会人生为根本任务。

中国现代文学早期的发展，是在广大作家吸取外来文学营养使之民族化并继承民族传统使之现代化的过程中奠定基础的。对于如何正确对待传统文化与西方外来文化的问题，他们打破了抱残守缺的国粹主义思想，进行了彻底革新，曾对西方各个历史时期的文艺思潮、文学流派，包括各种文学形式、表现手法等，进行了全面介绍与广泛吸收，同时对我国传统文学遗产也进行了重新评价。这对促进思想与艺术的解放，促进文学的现代化，起到了重要作用，从而形成了现代文学的繁荣局面，促进了广大民众的觉醒。

接过20世纪中国文学作家的思想圣火，实现新时代民族文化复兴的中国梦，这是广大作家和读者义不容辞的神圣职责。为此，我们从诗歌、散文、小说三大文学体裁着手，特别编辑了这套《中国文学名家精品》，精选了许多文学名家的精品力作，代表了中国20世纪文学的高度，具有极强的权威性、可读性和艺术性。

这些文学名家，都是中国20世纪现代文学的开拓者和各种文学形式的集大成者，他们的作品来源于他们生活的时代，是那个时代社会生活的缩影，包含了作家本人对社会、生活的体验与思考，影响着社会的发展进程，具有永恒的魅力。他们是我们心灵的工程师，能够指导我们的人生发展，对于复兴中国文化具有深远的启迪作用。

作者简介

殷夫（1909—1931），原名徐白，谱名孝杰，小名徐柏庭，学名徐祖华，又名白莽，浙江象山人。中国现代文学史上著名无产阶级革命诗人，中国共产党党员，"左联五烈士"之一。

殷夫从小就受到良好的家庭教育，父亲很早就教他认字，背诵古体诗等。1920年秋，刚满10岁的殷夫就离开家乡，进入象山县立高等小学校读书。当时，县立高小受五四新文化影响较大，师生们经常在校内外宣传打倒列强，反对军阀，这使殷夫思想上受到了较深启迪与教育。

1923年7月，殷夫考入上海民立中学。1925年"五卅"惨案爆发，民立中学师生积极参加"三罢"斗争，使殷夫受到强烈爱国主义教育。"五卅"运动后期，他一度回乡，认真阅读了许多革命书刊和理论著作，并参加革命文艺团体的活动，还发表了许多抨击封建礼教的新诗。

1926年秋，殷夫考入上海浦东中学，他接触了革命，并秘密加入了中国共产主义青年团，成为了革命队伍的一员，开始了他生命的新航程。1927年，国民党反动派发动"四一二"政变，殷夫被国民党反动派逮捕入狱，囚禁三个月，险被枪决，后保释出狱。

1927年9月，殷夫考入上海同济大学德文补习科学习。他结识了共产党员，并经常参加校内外的秘密革命活动。他办过油印文艺刊物《漠花》，在青年学生中宣传革命。后来，他又被推选为学生代表，多次在学生会上宣传革命道理。这时他由团转党，加入了中国共产党。

1928年初，殷夫又在校外参加了共产党人组成的"太阳社"，党组织关系也编入该社。1928年秋，他因参加革命活动被反动当局再次逮捕。他保释后，辗转家乡从事了许多临时工作，直到1929年3月，他才回到战斗的黄浦江畔。回到上海后不久，他又与党组织接上了关系。从此，他完全投入了地下革命斗争，从事青年运动工作。

1929年夏天，殷夫在参加上海丝厂罢工斗争中第三次被捕。他被关了一段时间，受了几次毒打，终于获得了释放。不久，他就恢复了组织关系，担任了青年反帝大同盟和共产主义青年以及工人运动的领导工作。他成为职业革命家以后，把自己的全部精力献给了无产阶级解放事业。

1930年3月，中国左翼作家联盟在上海成立，殷夫为发起人之一。1931年1月，他应约赴东方旅社参加党内秘密会议。因叛徒告密，他与柔石、冯铿等八人被英租界巡捕逮捕。

1931年2月7日晚，殷夫、柔石、胡也频、冯铿、李求实等五名"左联"作家，与林育南等其他革命同志共24人，被秘密杀害于上海龙华的国民党淞沪警备司令部附近的荒野里。

对于殷夫等同志的遇难，中国共产党中央机关报《红旗日报》在2月22日发布了消息，又在由《红旗日报》主办的《群众日报》上发表了社论，予以回击。鲁迅先生闻讯后，以极大的悲愤写下了"惯于长夜过春时"一诗。两年后，他又写下了不朽名篇《为了忘却的纪念》，表示了深沉的悼念。

殷夫被杀害时还不到21岁，他却留下了诗作99首，译诗11首。创作的数量虽然不多，但他对中国现代诗歌的发展贡献不小，他是革命诗派的代表诗人。

殷夫早期抒情诗表现了他对旧社会的憎恶和对光明的追求，也带有伤感的情绪。后来他的鼓动诗，具有强烈的战斗性。他生前作品结集未能出版，新中国成立后编印了诗集《孩儿塔》《殷夫选集》《殷夫集》。主要作品有《别了，哥哥》《血字》《孩儿塔》《伏尔加的黑浪》《一百零七个》等。

殷夫 诗歌精品【目录】

殷夫

诗歌精品【目录】

第二辑

殷夫
诗歌精品
【目录】

第三辑

殷夫

诗歌精品

【目录】

殷夫 诗歌精品

【第一辑】

放脚时代的足印

一

秋月的深夜，
没有虫声搅破寂寞，
便悲哀也难和我亲近。

二

春给我一瓣嫩绿的叶，
我反复的寻求着诗意。

三

听不到是颂春的欢歌，
　"不如归，不如归……"
只有杜鹃凄绝的悲啼。

四

希望如一颗细小的星儿，
在灰色的远处闪烁着，
如鬼火般的飘忽又轻浮，
引逗人类走向坟墓。

五

我有一个希望，
戴着诗意的花圈，
美丽又庄朴
在灵府的首座。

六

星儿在天微话时，
在带香的夏风中。
一条微丝柔柔地荡动了；
谁也不知道它。

七

泥泞的道路上，
困骡一步一步的走去
它低着它的头。

八

我初见你时，

我战栗着，

我初接你吻时，

我战栗着，

如今我们永别了，

我也战栗着。

人　间

山是故意的雄伟，
水是故意的漪涟，
　　因为我，
　　只有，只有，
只有干枯的在人间蹒跚。

景物是讥嘲的含着谄媚，
人们是勉强的堆着笑脸，
　　因为我，
　　只是，只是，
只是丑恶的在人间徘徊。

1927年9月于象山

呵，我爱的

呵，我爱的姑娘在那边，
一丛青苍苍的藤儿前面；
草帽下闪烁着青春面颊，
她好似一朵红的，红的玫瑰。

南风欣语，提醒了前夜；
疏淡的新月在青空阑珊，
我们同坐在松底溪滩，
剖心的，我俩密密倾谈。

古刹的钟声，清淡，
她的发香，似幽兰；
我们同数星星，
笑白云儿多疏懒。

看，她有如仙嬛，
胸中埋着我的情爱，
呵，我的爱是一朵玫瑰，
五月的蓓蕾开放于自然的胸怀。

醒

微风的吹嘘之中，
小鸟儿的密语之中，
醒来吧！醒来吧！
梦儿姗姗飞去。

我梦入广漠的沙滩，
黄的沙丘静肃无生，
远地的飓风卷起沙柱，
无边中扬着杀的声音。

我不留恋着梦的幽境，
我不畏惧现实的清冷；
在草底默默的流过，流过，
我宿命的悲哀的溪吟。

生无所欢，
死无所悲，
愿重入黄沙之滩，
飓风吼着威吓音韵。

白　花

漫步旷野，心空空，
一朵小小的白花！
孤零的缀着粗莽的荆丛，
一朵傲慢的白花！

她的小眼射着冷的光，
"一颗地上的星，"我嚅嗫，
荆棘示威的摇曳，
"我回家去。"我喘息。

尖锐的刺在她周遭，
旷茫的野中多风暴，
她在我视野中消去倩影
我抚空心向家奔跑。

我们初次相见

我们初次相见，
在那个窗的底下，
毵毵的绿柳碎扰金阳，
我们互看着地面羞羞握手。

我记得，我偷看看你的眼睛，
阴暗的瞳子传着你的精神。
你是一个英勇的灵魂，
奋斗的情绪刻在你的眉心。

我记得，我望望你的面颊，
瘠瘦的两颐带着憔悴的苍白，
但你的颧下还染着微红，
你还是，一个年轻，奋发的人。

我记得，我瞧见你的头发，
浓黑的光彩表征了你丰富的情热，
我这般默默地观察，
我自此在心中印下你的人格。

清 晨

清晨洒遍大地，
阳光哟，鲜和的朝阳，
在血液中燃烧着憧憬的火轮。
生命！生命！清晨！
玫瑰般的飞跃，
红玉样的旋进，
行，行，进向羽光之宫，
突进高唱的旋韵。

祝——

这是河中最先的野花，
孤立摇曳放着清香，
枝旁没有青鲜的荫叶，
也少有异族争妍芳，
唯有她放着清香。

四向尽是干枯的沙砾，
展到无穷的天际，
近处没有一口泉源，
来把她嫩根灌溉，
没有一杆小树伴过长夜。

祝福我们勇敢的小花，
她仍然孤傲的顾盼，

她不寂寞，放着清香，
天生的姿容日日光焕，
岑寂的生存，没有喟叹。

远星的微光死灭，
勇敢的灵魂孤单，
她忍受冷风的吹刮，
坚定的心把重责负担，
问何时死漠重苏苏?

祝福我们河中最先的野花，
孤立摇曳，放着清香，
枝旁没有鲜青的荫叶，
也少异族来争妍芳，
只她孤单地放着清香。

花 瓶

我有一个花瓶，
我忠实亲信的同伴，
当我踯躅于孤寂的生之途中，
她作为上帝，与我同在。

她不是连城的奇珍，
不劳济慈的诗灵，
来把她描画，歌咏。
她不闪放过往的风韵。

然而她的正直和傲慢。
正使我心醉；
（那谄媚的笑脸，唉，
真是我灵魂的迫害。）

她矗立在我案上，
和一个哥萨克一般英壮，
用她警告的神情
显示忠勇的朋友在旁。

她不插芙蓉和玫瑰，
（这些，让他人狂味！）
野花采自田野，
集团中的成员！

她们是被人摧残，
命运的判文上书"迫毁"，
但于今是武士的头盔，
散发着自由的光彩。

独立窗头

我独立窗头朦胧，
听着那悠然的笛音散入青空，
新月徘徊于丝云之间，
远地的工场机声隆隆。

我泫然的沉入伤感，
懒把飘零的黑丝掠上；
悲怆的秋虫鸣歌，
岂是为我诉说苦想？

说我热血已停止奔荡，
我魂儿殷然深创，
往日如许豪烈的情热，
都变成林中的孤摇残光？

不，我的英勇终要回归，
热意不能离我喉腔，
暂依夜深人静，寂寞的窗头
热望未来的东方朝阳！

孤　泪

你呀，你可怜微弱的一珠洁光，
照彻吧，照彻我的胸膛。
任暴风在四围怒吼，
任乌云累然的叠上。

不是苦难能作践我的灵魂，
也不是黑暴能冰冻我的沸心，
只有你日日含泪望我，
我要，冒雨冲风般继着生命。

忍耐吧，可怜的人，
忍耐过这漫长的夜，
冷厉的暴风加紧，
秋虫的哀鸣更形残衰。

鲜血的晨曦，
也是叫他们带来消信，
黑暗和风暴终要过去，
你呀，洁圣的光芒，永存！

给某君

呵，冷风吹着你散乱的长发，
我瞧见你弱小的心儿在颤抖，
漫着暮气凝烟的黄昏中，
我们同踽踽于崎岖的街头。

挺起你坚硬的胸壁，
担承晚风悲调的袭击，
我们只应在今夜握手，
今晚我心跳得更促急。

在黑暗中动着是不可测的威吓，
后面追踪着时代的压迫，
你轻蔑的机警的眼中瞳人，
闪映了天际高炬的光影。

细胞撞挤在你脸上，
微风故意絮语；
我们笑那倾天黑云，
预期着狂风和暴雨。

东方的玛利亚

——献母亲

你是东方的圣玛利亚，
我见钉在三重十字架之上
你散披着你苦血的黄发，
在侮辱的血泊默祷上苍。

你迸流你酸苦泪水，
凝视着苍天浮云，
衣白披星的天使，
在云端现隐。

你生于几千年来高楼的地窖，
你长得如永不见日的苍翠的草，
静静的光阴逝去，
你和三重十字架同倒。

感　怀

孤单的精灵呵，
你别在无限静谧的海心，
用你破残的比牙琴，
弹引你悲冷的微笑。

潜伏的感伤，
终突破理智的封禁：
一个脸影，枯瘦又慈祥，
以酸泪点缀我的飘零。

我抚扪我过往的荒径，
蜿蜒从那雄伟珠山的邻村，
唉，修道士的山岩，
终古不破的沉静。

我不禁回忆故家的园庭，
反响着黄雀歌儿声，
绿的草丛上飞金的苍蝇，
衰色的夕阳下逃跑了我的青春。

地　心

我微觉地心在颤战，
于慈大容厚的母亲身中，
我枕着将爆的火山，
火山的口将喷射鲜火深红。

冷风嘘啸于高山危巅，
暮色狰狞的四方迫拢，
秋虫朗吟颓伤歌调，
新月冷笑着高傲长松。

青碧的夜色，秋的画图，
吞噬了光明的宇穹，
我耳边震鸣着未来预告，
一种，呵，音乐和歌咏。

我枕着将爆的火山，
火山要喷射鲜火深红，
把我的血流放小溪，骨成灰，
我祈祷着一个死的从容。

虫 声

你受难遭劫的星星，
压碎了吧，你期望的深心，
此后，你只有黑暗的无穷，
是昨夜秋风搅着落花，
黑夜轻曳薄纱衣裙，
一个失群的雁儿散布怆韵；
那时，我埋葬了我的青春。

虫声哟！那异国的音调，
秋的灵魂和谐的奏鸣，
闭上你的小眼，睫毛堆上黑影，
听这交响带来多少象征？
孤月冷光不能冰冻热情，
理性的禁符不能镇压真性，
我在竹涛的微怨声下，
已诀别了往年的心灵和生的憧憬。

青春的花影

是谁送来我象征的消信？
我哟，灵魂早不徘徊于蔷薇花影，
那是最后的玫瑰，
尖锐的刺掐破我朦胧梦境。

喘息的凝望连续汹涌的波涛，
黑色的坚塔在后深闭铁门，
我送行我最后的憧憬，
不复有明日或然的来临。

1928，于西寺

给——

冷风刮过你的面颊，
我只低头凝思，
你呜咽着向我诉说，
但天哟，这是最后一次。

死的心弦不能作青春的奏鸣，
凝定的血液难叫它热烈的沸腾，
我今天，好友，告别你，
秋日的寒风要吹灭了深空孤星。

我没有眼泪来倍加你的伤心，
我没有热情来慰问你的孤零，
没有握手和接吻，
我不敢，不忍亦不能。

请别为我啜泣，
我委之于深壑无惜，
把你眼光注视光明前途，
勇敢！不用叹息！

心

我的心是死了，不复动弹，
过往的青春美梦今后难再，
我的心停滞，不再驰奔，
红的枫叶报道秋光老衰，

我用我死灰般的诗句送葬尸骸，
我的心口已奔涌不出光彩灿烂。
猫头鹰，听，在深夜孤泣，
我最后的泪珠雨样飞散……

归　来

归来哟，我的热情，
在我胸中燃焚，
青春的狂悖吧！
革命的赤忱吧！
我，我都无限饥馑！

归来哟！我的热情，
回复我已过的生命——
尽日是工作与兴奋，
每夜是红花的梦影！
回归哟！来占我空心！

星 儿

我们，手携手，肩并肩，
踏着云桥向前；
星儿在右边，
星儿在左边。

霞彩向我们眨眼，
我在你瞳人中看见，
——我要吻你玫瑰色的眼圈，
这次你再不要躲闪。

云雀的歌儿声清甜，
像飞散虹线，
撩动着，
把我心门摇开。

心门里高坐奇美，
颈儿旁围披了蔷薇花圈——
青春的传奇的献礼
还留在她的项边。

心门不再流出火烟，
火烟已变成光华荣艳，
灵府如一座宝牙宫殿，
你，你倚立阶前。

太空多明星，
太空多生命，
我们手携手，肩并肩，
向前，向前，不停。

1928，于西寺

给母亲

我不怪你对我一段厚爱，
你的慈恺，无涯，
但我求的是青春的生活，
因为韶光一去不再来。

那灼人的玫瑰花儿影，
燃心的美甜梦景，
要会一旦袭入你古老脑幕，
我不须在深夜呻吟。

但现在，我也有新的生命，
不怕浪漫的痴情再缠萦心庭，
在深夜山风呼啸掠过，
我聆听到时代悲哀的哭声。

此后，我得再造我的前程，
收回转我过往的热情，
热情固灼燃起青春旧灰，
但也叫着我去获得新生。

你已然胜利了

你永远的丑小鸭哟，
你该在今宵告别你的痴情，
当你静听着丧钟鸣奏，
你该说："我最后获胜。"

死的胜利，永久的胜利！
人生最后的偎抱是灰黑死衣；
今日还是你秉有憎恶和爱情，
明晨，你得吹熄你鼻尖冷气。

光荣的野心燃不起死的枯灰，
青春的绿光难照活黄昏的颓蓓，
沙哑的诗喉对猫头鹰歌唱，
死骑的槁踵在你坟上踏遍。

这时，别去你热情和高傲，
断割了恋念和情思，
埋葬了你忧烦、惊慌和苦恼，
丧钟即是你胜利的颂诗。

1928，于西寺

殷夫

【第二辑】

我爱了……

我爱了俗人之爱，
我的心，好难受，
五月的蔷薇开上她的面颊，
两颗星眼吸我不能回头。

我爱了俗人之爱，
几个深夜不会成眠，
梦中她像棵常绿小草，
长于桃红色的仙殿。

我爱了俗人之爱，
使我尽天忧闷流泪，
因为我已知道，
她的心不复是未放蓓蕾。

我爱了俗人之爱，
累我无日不悲叹，
担尽了惊悸、忧虑和烦恼，
爱情的苦毒在我肩上磨难。

　　　　　　　1928，于西寺

自 恶

把你自己毁坏了吧，恶人，
这是你唯一的报复；
因为你的是一个高洁的灵魂，
不如世人的污浊。

你是至美、至尊的，恶人，
可以把世界鄙薄。
你不须求人谅解你的精神，
你的，是该在世上永久孤独。

世界只无价的才是宝星，
闪光的珠玉也尽是污浊，
肉耳总难鉴赏你的清音，
世人爱的是蠢豕、愚鹿！

你胸中蕴藏了稀有的光和美，
日复一日幽幽泣哭；
你温热的泪水清澄，
每个早晨把它们洗浴。

你是自然的独生精灵，
人们总难把你抚摸；
他们难见顶上晶莹的明星，
只是把龌龊的衣带扪触。

你在世上只有毁坏，
这是你唯一的报复；
世人尽蠢逐污浪，
你也尽可把人血饮沐。

1928，于西寺

Epilogue①

一九二七夏，我曾写了一篇长诗"萍"，只成了一部分，约五六百行。因生活不安定，原稿失去不能追寻。一九二八本有重写计划，但情绪已去，只余下短短的一些，这便成这一篇。

我的朋友，真，

这就是我的残稿一份，

这印着的是我过去，

过去的情热，

和我幼小纯洁的真心。

但这是过去了，朋友，

我已杀死我以往生命；

我不是说明晨，

明晨我就要离去，
离去故乡，和你的深情？

我觉得，我的青春，
已把热焰燃尽，
我以后的途道，
枯干又艰困，
我不能不负上重任。

离去我的故乡旧村，
我要把我的新生追寻，
把以前的一切殡葬了，
把恩惠仇爱都结束了，
此后我开始在世上驰骋。

我恳求你忘去我，真，
我的影子不值久居你的心中，
今晚我跪着为你祈祝，
明晨也不能给你握手告行，
我要起程我孤苦的奔行。

① Epilogue——跋诗

给——

F哟，我何时得再见你呢？
我纯洁的初恋哟，
你是东方的Beatrice[①]，
我何时得见你于梦的天堂？

在珠山的绿荫下，
依旧醴泉溜过白石，
只是你的小脸，
何时再与我同映一次？

西寺的高桥边，
长松依然晖映着夕阳，
只是我得何时，
再在此醉你幽香？

爵溪的黄沙十里，
依然是平坦无际，
只我得何时，
和你共作球戏？

哟，姑娘哟，往事重提，
愈想愈有深意，
旧创再理，
刺心的苦痛怎禁得起？

你是离我而去了，
我每空向浮云道你安宁。
若我今日即撒手长逝，
我最宝贵着你的小影。

① Beatrice，贝亚德，意大利诗人但丁（1265—1321）热爱的一个女子。但丁为她作了许多诗，都记载在他的著作《新生》里面。

飘飖的东风

我幻见你是在浩茫的江中，
江上吹啸着飘摇的东风，
　东风来自太平洋心窝，
　深掩着古旧的伤，
东风把你向暗沉沉的故乡吹送。

无力的船只戏着涟漪水波，
淡黄的月晖微和衰残的渔歌。
　你有心底受惊的怔忡，
　你有灵府中难洗的创痛，
你的梦幻是碎破，碎破！

水，银灰色的波纹，
涌起的浪沫一层层，

机械在重压之下微喟，

笛音在远山之巅缭绕，

去兮，去兮，我的友人！

1928，于西寺

旧 忆

你有如茅蓬中的幽兰，
纯白的肌肤，
如天使的花环
你的幽香，
颤栗于我灵魂的深间
天！
逝光难再！
桦林下同坐闲谈，
冷风中默向红炭，
模糊，朦胧，
和梦一般。

姑娘，纯情不能死亡，
赤忱不易消散，

你今在天涯，
还在地角，还……
且由我祝祷，
愿我俩同梦珠山。

我醒时……

我醒时，天光微笑，

林中有小鸟传报，

你那可爱的小名，

战栗的喜悦袭击着我，

我不禁我诗灵鼓翼奔腾。

我的诗和虹彩一样，

从海起入天中，

直贯着渺漠的宇宙，

吹嘘着地球的长孔。

只有你的存在，

我的生命才放光芒

我的笔可腾游宇寰，

每个歌鸟都要吟唱。

白色的玫瑰花，

你要迎光开苞，
太平洋为着你平静，
昆仑山为着你不倒……
我从你的梦中醒时，
林中的鸟儿把你小名传报……

无 题

一

是夜间时辰，
火车频频的尖着声音，
楼上有人拉着胡琴，
"馄饨……点心……"
有牌儿声音，
乞儿呻吟，
——
都市的散文！

二

篱笆旁边，
臭味冲天，
上面写着大字威严，
"此处不准小便"，
流着黄，绿，白的曲线，
滚着肥肥的白蛆累累。

呵，此地在溃烂，
名字叫做"上海"！

三

写着字，
光线渐死，
注意!
油已经到底，
都市有电灯，
不装给穷人。

写给一个姑娘

姑娘，叫我怎样回信？
我为何不交你以我的心？
但是哟，看过去在它刻上伤痕，
伤痕中还开着血花盈盈。

死去是我寂寞的青春，
青春不曾留我一丝云影，
不曾有过握手，谈心，
也没有过吻染脂粉。

我现下是孤凄的流泪，
无限的前面是不测的黑暗，
过去的生命剪去了十九年，
人生的秘密不曾探得一线！

这却是上帝的公平，
也是造物的普慈婆心，
因为我，我是那么畸零，
火样的情热只能自焚。

我知足的，不生妄求，
虚伪的矜持代替着抖擞，
人的性是不死的魔头，
在清夜不禁叹声偷漏。

我何曾不希求玫瑰花房甜的酒，
我看见花影也会发抖，
只全能者未给我圣手，
我只有，只有，只有孤守。
姑娘，原谅我这罪人，
我不配接受你的深情，
我祝福着你的灵魂，
并愿你幸福早享趁着青春。

我不是清高的诗人，
我在荆棘上消磨我的生命，
把血流入黄浦江心，
或把颈皮送向自握的刀吻。

赠朝鲜女郎

朝鲜的少女，东方的劫花，
你就活泼的在浮木上飞跑。
我看见你小腿迅捷的跳动，
你是在欢迎着浪花节奏的咆哮。

浮木是你命运的象征，
远离故乡，随水漂泊，
谁掬向你一抔同情？
你真该合这浪花同声一哭。

你，少女，是那样美好，
你仿佛是春日的朝阳，
你小小的胸口有着复仇的火焰，
你黑色的眼底闪耀着新生燎光。

请立在这混浊的黄浦江头，
倾听着怒愤的潮声歌着悲调，
你的故乡是在冰雪垓心，
痛苦的同胞在辗转呼号。

要问这天空几时才露笑容，
问这罪恶何日得告终结？
何日你方可回归故里，
在祖父的坟头上剖心啜泣？

浮萍般的无定浪迹，
时日残蚀了生命花叶，
偷生在深的，深的暗夜，
何时得目睹光荣的日出？

你请放高歌吧，
你胸中不是有千缕怨丝，
你的心不是在酸楚的跳抖，
对着黄浦你该发泄你的悲嘶！

你不停的向前跳去，
你是欢迎着咆哮的旋律；
我知道越过一片汪洋波涛，
那边有着你的仇敌。

女郎，愤怒的跳舞吧，
波浪替你拍着音节，
把你新生的火把燃起吧！
被压迫者永难休息！

梦中的龙华

哥哥哟，上海在背后去了，
骄傲的，扬长的，
我向人生的刺路踏前进了，
渺茫的，空虚的。

呵，吃人的上海市，
铁的骨骼，白的齿，
马路上扬着尸的泥尘，
每颗尘屑都曾把人血吸饮。

冷风又带着可怕的血腥，
夜的知音中又夹了多少凄吟，
我曾，哥哥，踯躅于黄浦江头，
浦江之上浮沉着千万骷髅。

只有庄严伟丽的龙华塔，
日夜缠绕着我的灵魂，
我如今已送离上海，
龙华塔只能筑入我的梦境。

呵，龙华塔，龙华塔，
想你的红砖映着天白，
娆娇的桃枝衬你孤拔，
多少的卑怯者由你顶上自杀。

白云看着你返顾颤惊，
雷神们迅速的鼓着狂声，
电的闪刃围绕你的粗颈，
雨般的血要把你淋，淋……

可是你却健坚的发着光芒，
仇敌的肌血只培你荣壮，
你的傲影在朝阳中自赏，
清晨的百灵在你顶上合唱。

你高慢的看着上海的烟雾，
心的搏动也会合上时代的脚步，
我见你渐渐把淡烟倾吐，
你变成一个烟突，通着创造的汽炉。

春天的祷词

春风哟，带我个温柔的梦儿吧！
环绕我的只有砭骨的寒冷，
只有刺心的讽刺，
只有凶恶的贫困，
我只祈求着微温，
即使微温也足使我心灵苏醒！

我的心不是没灼热的希望过，
我的心不是没横溢的情火过，
只是哟，冰般的泪水曾泛遍心田，
剩下的只是现今的一片无垠焦枯。

春风哟，偕着你的春阳来吧！
让我周遭飞跃些活泼玲珑的小鸟，

竞放些馥郁的万紫花儿吧！
即使这只装饰了我心的墓道，
我死的灵魂也给与个陶醉吧！

月夜闻鸡声

哟，友人，静寞的月夜不给你桃色的梦，
摇荡着的灵魂漂上了水晶仙宫，
但，这儿，听，有着激动的鸡鸣，
是这时候你便该清醒。

若是朝阳正爬上你的窗棂，
还需要你把赞歌狂吟！
荣冠高踏的时代先知，
在月夜就唱就了明晨新诗。

友人，起来，这正是时候，
月光的清辉正洗照了楼头，
束着你闪光的刚亮的宝剑，
趁着半夜正可踏上银河白练。

踏着虹的桥，星河的大道，
星儿向着你的来向奔跑，
你向前走去欢迎明晨，
你因为必要做第一个百灵！

寂寞的人

公园的夜凉如水，
静寞的桦林也停止嚅嗫，
微风哟，把薄云儿推，
流星在银河旁陨灭……

寂寞的人缓步着长夜，
他的影儿有如浓雾，
风吹拂他无力身上的衣衫，
细软的发儿向四方轻舞。

灯下他也不低回，
树荫他也不留恋，
他不停着听水涟的睡歌，
他也不细聆莲花的吟哦。

他只是走着，走着路，
如醉着，如睡着，如病着。
他是一个寂寞的孤儿，
他是一个秋夕的凋残花托。

沉重的步伐踏着软的草，
细弱的呼吸吁着轻轻叹息，
心的花残，血干，叶儿槁，
骸骨的飘游还不舍个寻觅。

"我不愿再问你无信的白云，
你只带了我虚渺的音耗，
说在那高山巅上有青春，
我却徒然跋涉，徒然潦倒……

"我再不愿问你轻薄的波涛，
你只欺骗去了我血花样的年青光阴，
在那河的湾上，塔尖儿高，
教堂只是传扬别人的婚礼钟声……

"我要徒步的向前，向前，
手捧着心儿，心满着爱情，
我要寂寞的走向冷静墓前，
玲珑的芝草轻摇着坚柏的阴。

"你莫向我泪光的光锐，
希望的灯火即是葬礼的准备，
但我爆裂之心的血花血蓓蕾，
也要在永久的幻影之下耀着光辉。"

给林林

我方从黑暗的笼中出来，
就闻得你重来海上的音耗，
我巴不得立刻就飞向南陲，
来和你握手接吻拥抱！
但是，人事的不测的波浪，
终击打着我们软弱的羽翼，
我只有空望飞云箭归虚寂之乡，
失望的心儿在幽暗的夜中吞泣。
你只漂浪人间的孤儿哟，
今日你，你独访西子，
石头城下白露洲的泪影，
洗浊多少不断的烦恼春丝？
我祝福你，自由的穷人，
湖山的媚光总诱启你的天才，
我虽没握手倾听火车朗鸣，
无依的灵曲中也插歌着慰安。

给 茂

这是我青春最初的蓓蕾，
是我平凡的一生的序曲，
我梦中吻吮这过往的玫瑰，
幼稚的狂热慰我今日孤独。

现今哟，是春的季候，
故乡的田野撒满黄花，
六年前我要拿住小手，
和你并肩地踏完春假。

记否呀，那郊外的田陇，
丛丛密密地长着毛茋；
我们在一个晴明早晨，
我束了黄花向你献呈？

这都是散消了的烟云，
暮春的杜鹃催去了憧憬，
只我在梦中还见你小影，
沉重的怅惘，空望天青。

老人的岁月的巨轮，
已碾碎了我青春幻影；
我现今是孤独奔行，
往日的回忆徒勾伤心。

但我不能压制血波，
血和泪的交迸，
我要理我当日狂歌，
花束般向你献呈。

妹妹的蛋儿

妹妹哟，我亲爱的妹妹，
呵，给我力，禁止我的眼泪，
我的心已经碎了……片片……
我脆弱的神经乱如麻线，
呵，那是你，我的妹妹，
你就是一朵荆榛中的野玫瑰。

你哥哥，是流浪在黄浦江畔，
黄浦的涛歌凄惨难堪，
上海是白骨造成的都会，
鬼狐魑魅到处爬行，
那得如故乡呵，
世外桃源的静穆和平，
只有清丽的故家山园，

才还留着你一颗纯洁小心。

妹妹，自我从虎口跳出，
我便开始在世上乱奔，
如一个小舟失去舵橹，
野马溜了缰绳！
呵，茫茫的前程，
遍地是火，遍地是苦的呻吟，
血泊上反响着强者狞笑，
地球上尽是黑暗森林！

我遇着是虐行和残暴，
欺诈，侮辱，羞耻，孤伶！
我眼看地球日趋灭亡，
人类的灵魂也难再苏醒，
厌恶的芽儿开了虚无的花，
想把生命归与地球同尽！

但今天，你使我重信，
地球不死，人的灵魂，
也好似一丛茂繁的森林
荆棘上开放着白的玫瑰，
顽石旁泪流着珠泉清清……

妹妹，你救拯了我，
以你深浓的同情，
我不能为黑暗所屈服，
我要献身于光明的战争，

妹妹哟，我接着你从故乡寄出的蛋儿，

我不禁我泪儿流滚，

但请信我吧，

我不再如以前般厌憎生命！

幻　象

和风中，我依窗向月凝望，
月哟，孤凉地注射银光，
消隐了，玉兔和金桂香，
青空中，浮动着，
我的幻象，永久的幻象。

愿如烟般轻飘，
如萍片样无边地荡漾，
让春也死，秋也逝，
天堂，地狱，和净修场，
都是我无记忆的心的家乡。

只是幻象呵，
你推，压，刺，榨扼我心肠，

你无情地燃起火的光，

你又不眠地看我踏破夜的漫洋洋；

看那月辉，冰样，雪样，泪样……

夜的静

天的星环，水池的闪光，
暗风中传布着野草野花香，
但我的世界哟，
无涯的悲伤，一片荒场。

天，给我一支现实的歌吧，
给我一个明媚光华的晴日吧！
我灵魂是病着的，病着的，
愿天莫给我重重磨折吧！

我颓衰不如感伤的诗人，
我勇猛不及气吞山河的战将，
日中的眼皮点着梦的刺，
夜的静默，给我悲伤，
想见，想跃向光亮。

是谁又……

是谁又使我悲悒呢?
是谁扰起了我的幻灭?
我本不欲幽欢,
也不愿哀哀哭泣!

我清冷的一生,
无人顾惜,
我周遭静静的,
沉寂。

有火和力,
我要燃起生命的灯,
冷漠的世界,
要听我有力的声音。

只是，
我告别了旧的衣履，
裸热的胸怀，
却迎受，在暗夜，冷风和凄雨。

孩儿塔

孩儿塔哟，你是稚骨的故宫，
伫立于这漠茫的平旷，
倾听晚风无依的悲诉，
谐和着鸦队的合唱！
呵！你是幼弱灵魂的居处，
你是被遗忘者的故乡。

白荆花低开旁周，
灵芝草暗覆着幽幽私道，
地线上停凝着风车巨轮，
澹漫漫的天空没有风暴；
这哟，这和平无奈的世界，
北欧的悲雾永久地笼罩。

你们为世遗忘的小幽魂，
天使的清泪洗涤心的创痕；
哟，你们有你们人生和情热，
也有生的歌颂，未来的花底憧憬。

只是你们已被世界遗忘，
你们的呼喊已无迹留，
狐的高鸣，和狼的狂唱，
纯洁的哭泣只暗绕莽沟。

你们的小手空空，
指上只牵挂了你母亲的愁情，
夜静，月斜，风停了微嘘，
不睡的慈母暗送她的叹声。

幽灵哟，发扬你们没字的歌唱，
使那荆花悸颤，灵芝低回，
远的溪流凝住轻泣，
黑衣的先知者默然飞开。

幽灵哟，把黝绿的磷火聚合，
照着死的平漠，暗的道路，
引住无辜的旅人伫足，
说：此处飞舞着一盏鬼火……

殷夫 诗歌精品

【第三辑】

别的晚上

天空在别意的留着泪水，
我呵，心中在绞缠怨怼；
但是也罢，
且托着幻想数计我们未来再回。
我生命之筏在时光波上溜过，
没有谁可给我片刻的留恋，
萍水一般的，
你的别离却赐赠了心的缠绵。
不用说此后灾难登珠山，
我的眼帘也难从灼你天真顾盼，
但我有一句话留你：
"你第一个勾起我纯洁爱念。"
姑娘，你别徒悲伤泪水。
眼泪只会增添你心中的块垒。
向前去呵，
创造去，你幸福的将来。

夜的静默

夜不唱歌，夜不悲欢，
巷尾暗中敲着馄饨担，
闹钟的啜泣充满亭子间。

我想起我幼小情景，——
鹤群和鸽队翱翔的乡村，
梦的田野，绿的波，送饭女人……

黑的云旗，风车的巨翼，
青苍苍的天空也被吞吃，
颤动的雷声报告恶消息：

燕儿归，鸽群回，女人回家去，
红的电，重的雷，愤怒的诗句
狂风暴雨之暴风和狂雨。

青的游

青是池水，
青是芳草，
苍蝇，甲虫，粉蝶，
白兔儿在天际奔跑……

你的心如兔毛纯洁，
你的眼如兔走飘疾。

我拈花，摘花，插襟，
你微笑，点头，红晕。
花上有水珠，
花下有深心。

青是池水，

青是芳草，
天上有白，白，白的云，
我们是永，永，永在一道。

最后的梦

我从一联队的梦中醒来，
窗外还下着萧瑟的淫雨，
但恐怖的暗重云块已经消散，
远处有蛙儿谈着私语。

哟，我在最后的梦中看见了你，
你像女神般端正而又严肃，
你的身后展开一畦绿的野地，
我无可慰藉地在你脚下哭泣。

"若是你对我没有，还有一些温意，
那末你说吧，说一句'我爱'。
若是你那颗心终也没有我的居留地，
你只要轻笑着说：'滚蛋！'"

"——你的身世，漂泊，烦恼，我同情；
我只当你是我一个可怜的弟弟，
因为我的心，我的心留在远的都城，
我不能背了他，背了他说'我爱你'。

"……罪恶的爱！罪恶的爱!……
呵，爱到今日再不是独有的私产，
未来的社会是大家庭的世界，
千百万个爱你，你爱千百万。

"若你是个紫外线，或X光，

你一定总窥见了我的心怀，
你试看它的血波多么激荡，
不久，失望的情火要烧它成焦炭。"

"我说过我是一颗春笋
坚壁的泥中埋藏了我的青年，
我今日是，是切望着光的温吻，
请哟，请说：'弟弟，立起来！'

"……我吻着你了，你的朱唇，
冷颤颤地不胜春寒，
姊妹哟，即使你只给我一个冷的吻，
我心中也爆了新生的火山。"

血 字

血 字

血液写成的大字，
斜斜地躺在南京路，
这个难忘的日子——
润饰着一年一度……

血液写成的大字，
刻划着千万声的高呼，
这个难忘的日子——
几万个心灵暴怒……

血液写成的大字，
记录着冲突的经过，
这个难忘的日子——
狞笑着几多叛徒……

"五卅"哟！

立起来，在南京路走！
把你血的光芒射到天的尽头，
把你刚强的姿态投映到黄浦江口，
把你的洪钟般的预言震动宇宙！

今日他们的天堂，
他日他们的地狱，
今日我们的血液写成字，
异日他们的泪水可入浴。

我是一个叛乱的开始，
我也是历史的长子，
我是海燕，
我是时代的尖刺。

四年的血液润饰够了，
两个血字不该再放光辉，
千万的心音够坚决了，
这个日子应该即刻消毁！

意识的旋律

银灰色的湖光，
五年前的故乡；
山也清，水也秀，
鳞波遍吻小叶舟，
平和，惰怠的云，
渺茫，迷梦似的心
在波风黑暗的高台，
遥望银河上的天仙。
星星在苍空上闪耀，
憧憬的芽儿破晓。

南京路的枪声，
把血的影迹传闻，
把几千的塔门打开，
久睡的眼儿自外探窥，
在群众中羞怯露面，
抛露出仇恨，隘狭语箭！
实际！实际！第三实际！
"科学！"旋律迫至中央C。

呵！高音的节奏，
山高的浪头！
"月光曲"的序幕开展，
洪大的巨波起落地平线！
碧绿的天鹅绒似的波涛，
在天边，天边，夹风怒嚎！

卷上昆仑的高顶，

震动满缀石窟的长城！

愤怒的月儿血般的放光，

叛逆的妖女高腔合唱！

流血，复仇，冲锋，杀敌，

新的节拍越增越急！

黄浦滩上唱出高音，

苏州河旁低回着呻吟！

炮，铁甲车，步声，怒吼，

新的旗帜飘上了人头！

三次的流血，流血，流血，

无限的坚决，坚决，坚决！

"四一二"的巨炮震破了欢调

哭声夹着奸伪的狂笑！

颤音奏了短音阶的缓曲，

英雄受着无限的屈辱！

报仇！报仇！报仇！

"一二·一一"喊破了广州！

白的黑衣掩了红光，

五千个无辜尸首沉下珠江，

滔天的大浪又沉没了神州，

海的中心等候着最大的锤头！

最高，最强，最急的音节！

朝阳的歌曲奏着神力！

力！力！力！大力的歌声！

死！胜利！决战的赤心！

朝阳！朝阳！朝阳！

憧憬的旋律到顶头沸扬，

金光！金光！金光！

手下生出了伟大翅膀，

旋律离了键盘，

直上，直直上天空飞翔，飞翔！飞翔！

一个红的笑

我们要创造一个红的狞笑，

在这都市的纷嚣之上，

牙齿与牙齿之间架着铜桥，

大的眼中射出红色光芒。

他的口吞没着全个都市，

煤的烟雾熏染着肺腑，

每座摘星楼台是他的牙齿，

他唱的是机械和汽笛的狂歌！

一个个工人拿着斧头，

摇着从来未有的怪状的旗帜，

他们都欣喜的在桥上奔走，

他们合唱着新的抒情诗！

红笑的颔颚在翕动，

眼中的红光显得发抖，

喜悦一定使心儿疼痛，

这胜利的光要照到时空的尽头。

上海礼赞

上海，我梦见你的尸身，
摊在黄浦江边，
在龙华塔畔，
这上面，攒动着白蛆千万根，
你没有发一声悲苦或疑问的呻吟。

这是，一个模糊的梦影，
我要把你礼赞，
我会把你忧患，
是你击破东方的谜氛，
是你领向罪恶的高岭！

你现在，是在腐烂，
有如噩梦，
万蛆攒动，
你是趋向颓败，
你是需经一次诊断！

你是中国无产阶级的母胎，
你的罪恶，
等于你的功业
你做下一切的破坏，
到头还须偿还。

"五卅"，"四一二"的血不白流，
你得清算，

你得经过审判，
我们礼赞你的功就，
我们惩罚你的罪疣。

伟大的你的生子，
你的审判主，
他能将你罪恶清数，
但你将永久不腐不死，
但你必要诊断一次。

春天的街头

呵，烦闷的春风吹过街头，
都市在阳光中懒懒的抖擞。
富人们呀没头的乱奔，
"金钱，投机，商市，情人！"
塌车发着隆隆的巨吼，
报告着车夫未来抬头。
哼哼唷唷地把力用尽，
只有得臭汗满身。
汽车上的太太乐得发抖，
勾情调人又得及时上手。
电车上载着一切感情，
轮子只压碎了许多人心，
还有诗人像春天的狗，
用眼光向四方乱瞅。
呵，女眼女腿满街心，
满天都是烟士披里纯。

向着咖啡电影院快走，
也无暇把腐烂的韵脚搜求。
强盗走着也像个常人，
只心里在笑巡捕怪笨！
"拍卖心，拍卖灵魂！"
"拍卖肉，拍卖良心！"

但是轰的一声，
塌车翻在街心，
一切的人都在发抖，
不见拉车的人哼唷地走在车的前头。

别了，哥哥

（算作是向一个"阶级"的告别词吧！）

别了，我最亲爱的哥哥，
你的来函促成了我的决心，
恨的是不能握一握最后的手，
再独立的向前途踏进。

二十年来手足的爱和怜，
二十年来的保护和抚养，
请在这最后的一滴泪水里，
收回吧，作为噩梦一场。

你诚意的教导使我感激，
你牺牲的培植使我钦佩，

但这不能留住我不向你告别，
我不能不向别方转变。

在你的一方，哟，哥哥，
有的是，安逸，功业和名号，
是治者们荣赏的爵禄，
或是薄纸糊成的高帽。

只要我，答应一声说，
"我进去听指示的圈套，"
我很容易能够获得一切，
从名号直至纸帽。

但你的弟弟现在饥渴，
饥渴着的是永久的真理，
不要荣誉，不要功建，
只望向真理的王国进礼。

因此机械的悲鸣扰了他的美梦，
因此劳苦群众的呼号震动心灵，
因此他尽日尽夜的忧愁，
想做个普罗米修士偷给人间以光明。

真理和忿怒使他强硬，
他再不怕天帝的咆哮，
他要牺牲去他的生命，
更不要那纸糊的高帽。

这，就是你弟弟的前途，
这前途满站着危崖荆棘，
又有的是黑的死，和白的骨，
又有的是砭人肌筋的冰雹风雪。

但他决心要踏上前去，
真理的伟光在地平线下闪照，
死的恐怖都辟易远退，
热的心火会把冰雪溶消。

别了，哥哥，别了，
此后各走前途，
再见的机会是在，
当我们和你隶属着的阶级交了战火。

都市的黄昏

街上卧坠下白色暮烟，
空气中浮着工女们的笑声，
都市是入夜——电灯渐亮，
连续的驰过汽车长阵。

摩托的响声嘲弄着工女，
汽油的烟味刺人鼻管，
这是从赛马场归来的富翁，
玻璃窗中漏出博徒的高谈。

灰色的房屋在路旁颤战，

全盘的机构威吓着崩坍，
街上不断的两行列，工人和汽车；
蒙烟的黄昏更暴露了都市的腐烂。

富人用赛马刺激豪兴，
疲劳的工女却还散着欢笑，
且让他们再欢乐一夜，
看谁人占有明日清朝？

一九二九年的五月一日

一

最后的电灯还闪在街心，
颓累的桐树后散着浓影，
暗红色的，灰白色的，
无数的工厂都在沉吟。

夜还没收起她的翅膀，
路上是死一般的荒凉，
托，托，托，按着心的搏跃
我的皮鞋在地上发响。

没有戴白手套的巡警，
也没有闪着白光的汽车眼睛，
烟突的散烟涌出——
纠缠着，消入阴森。

工厂散出暖的空气，
机器的声音没有疲惫，
这儿宇宙是一个旋律——
生的，动的，力的大意。

伟长的电线杆投影，
横过街面有如深井，
醒醌的墙上涂遍了白字——
创口的膏布条纹：
纪念五一劳动节！
八小时工作！
八小时教育！
八小时休息！

打倒国民党！
没收机器和工厂！
打倒改良主义，
我们有的是斗争和力量！

这是全世界的创伤，
这也是全世界的内疚，
力的冲突与矛盾，
爆发的日子总在前头。

呵，我们将看见这个决口，
红的血与白的脓汹涌奔流，
大的风暴和急的雨阵，
污秽的墙上涂满新油。

呵，你颤战着的高厦，
你底下的泥沙都在蠢爬；
你高傲的坚挺烟突，
烟煤的旋风待着袭击……

二

勤苦的店主已经把门打开，
老虎灶前已涌出煤烟，
惺忪睡容的塌车夫，
坐在大饼店前享用早点……

上海已从梦中苏醒，
空中回响着工作日的呵欠声音，
上工的工人现出于街尾，
惨白的路灯残败于黎明。

我在人群中行走，
在袋子中是我的双手，
一层层一叠叠的纸片，
亲爱的吻我指头。

这里是姑娘，那里是青年，
半睡的眼，苍白瘦脸，
不整齐的他们默着行走。
黎明微凉的空气扑上人面。

她们是年轻的，年轻的姑娘，
他们是少年的——年轻力强，
但疲劳的工作，不足的睡眠，
坏的营养——把他们变成木乃伊模样。

他们像骷髅般瘦屄，
他们像残月般苍黄，
何处是他们的鲜血，青春……
是润着资产阶级的胃肠。

他们她们默默地走上，
哲学家般的充满思想，
这就是一个伟大的头脑，
思慕着海底的太阳。

呵，他们还不知道东方输上了红光，
这个再不是"他们"的朝上，
这五一节是"我们"的早晨，
这五一节是"我们"的太阳！

三

我才细细计划，

把我历史的工作布置，
我要向他们就明：
今天和将来都是"我们"的日子。

"今天是五月一号，
这是他们的今朝，
我们要拒绝做工，
我们叫出三个口号：
八小时工作，
八小时休息，
八小时教育！

"我们总同盟罢业，
纪念神圣的五一节，
这是我们誓师的大典，
我们要继续着攻击！
……"

四

怒号般的汽笛开始发响，
厂门前涌出青色的群众，
天，似有千万个战车在驰驱，
地，似乎在挣扎着震动。

呵哟，伟大的交响，
力的音节和力的旋律，
踏踏的步声和小贩的叫喊，

汽笛的呼声久久不息……

呵，这杂乱的行列，
这破碎零落的一群，
他们是奴隶，
又是世界的主人。

这被压迫着的活力，
这被囚困着的精神，
放着大的号呼了——
欢迎我们的黎明……

我们突入人群，高呼：
　"我们……我们……我们……"
白的红的五彩纸片，
在晨曦中翻飞像队鸽群。

呵，响应，响应，响应，
满街上是我们的呼声！
我融入于一个声音的洪流，
我们是伟大的一个心灵。

满街都是工人，同志，我们，
满街都是粗暴的呼声，
满街都是喜悦的笑，叫，
夜的沉寂扫荡净尽。

呵哟，这是一阵春雷的暴吼，

新时代的呱呱声音，

谁都融入了一个憧憬的烟流，

谁都拿起拳头欢迎自己的早晨。

我们有的是力量，

我们有的是斗争，

我们的血已浮荡，

我们拒绝进厂门！……

五

一个巡捕拿住我的衣领，

但我还狂叫，狂叫，狂叫，

我已不是我，

我的心合着大众燃烧。

他是有良心的狗：

"这是危险的事业——

只要掉得好舌头，

也可摆脱罪孽……"

谢你哟，我们的好巡警，

我领受你的好心，

从你我已看出同情的萌芽，

却看不见你阶级的觉醒。

这是对垒的时候，

只要坚决地打下心肠——

不替杀人者杀人，
那就是我们的战将。

群众的高潮在我背后消去，
黑暗的囚牢却没把我心胸占据，
我们的心是永远只一个，
无论我们的骨成灰，肉成泥。

我们的五一祭是誓师礼，
我们的示威是胜利的前提，
未来的世界是我们的，
没有刽子手断头台绞得死历史的演递。

我们的诗

前　灯

汽笛火箭般的飞射，
飞射进心的深窝了！
呵哟，机械万岁！
展在面前是无限的前途，
负在脊上是人类的全图！
呵哟！引擎万岁！

燃上灼光的前灯吧！
让新的光射透地球，
以太掀着洪涛，

电子的波浪咆哮：
呵哟！光明万岁！

机械前进了，
火箭似的急速，
点、点、点连成长线……
永续的前途，
突进哟！前进万岁！

罗曼蒂克的时代

罗曼蒂克的时代逝了，
和着他的拜伦，
他的贵妇人和夜莺……
现在，我们要唱一支新歌，
或许是"正月里来是新春"
只要，管他的，
只要合得上我们的喉音。

工厂里，全是生命：
我们昨天闹了写字间，
今天童子团怠工游行，
用一张张传单串成，
说"比打醮还要灵"
……
这些，据说上不得诗本。

拓荒者

我们把旗擎高，
号儿吹震天穹，
只是，走前去呵，
我们不能不动！

这尚是拂晓时分，
我们必须占领这块大地，
最后的敌人都已逃尽，
曙光还在地平线底。

荒芜的阵地，
开着战斗的血花吧！
胜利的清晨，
太阳驰上光霞吧！

走前去呵，同志们！
工作的时候不准瞌睡，
大风掠着旌旗，
我们上前，上前！

静默的烟囱

烟囱不再飞舞着烟，
汽笛不再咽叹着气，
她坚强的挺立，有如力的女仙，
她直硬的轮廓象征着我们意志！

兄弟们，不再为魔鬼工作，
誓不再为魔鬼工作！
我们要坚持我们的罢业，
我们的坚决，是胜利的条件，
铁的隧道中流着我们的血，
皮带的机转中润着我们的汗水，
我们不应忍饥寒，
我们不应受蹂躏，
我们是世界的主人。
看，烟囱静默了，
死气笼住工场的全身，
这只是斗争时的紧张，
胜利时，
汽笛将歌咏我们的欢欣。

让死的死去吧！

让死的死去吧！
他们的血并不白流，
他们含笑的躺在路上，
仿佛还诚恳的向我们点头。
他们的血画成地图，
染红了多少农村，城头。
他们光荣的死去了，
我们不能向他们把泪流。
敌人在瞄准了，
不要举起我们的手！

让死的死去吧！
他们的血并不白流，
我们不要悲哀或叹息
漫漫的长途横在前头。
走去吧，
斗争中消息不要走漏，
他们尽了责任，
我们还要抖擞。

议　决

在幽暗的油灯光中，
我们是无穷的多——合着影。
我们共同的呼吸着臭气
我们共同的享有一颗大的心。

决议后，我们都笑了，
像这许多疲怠的马，
虽然，又静默了，
会议继续到半夜……

明日呢，这是另一日了，
我们将要叫了！
我们将要跳了！
但今晚睡得早些也很重要。

我　们

我们的意志如烟囱般高挺，

我们的团结如皮带般坚韧，

我们转动着地球，

我们抚育着人类的运命！

我们是流着汗血的，

却唱着高歌的一群。

目前，我们陷在地狱一股黑的坑里，

在我们头上耸着社会的岩层。

没有快乐、幸福……

但我们却知道我们将要得胜。

我们一步一步的共同劳动着，

向着我们的胜利的早晨走近。

我们是谁？

我们是十二万五千的工人农民！

时代的代谢

忽然，

红的天使把革命之火

投向大地！

这不是偶然的，

这不是偶然的！

严坚的冰雪，

覆盖着春的契机，

阴森的云霾，

掩蔽着太阳的金毫万丝。

怒气

是该爆发了！

愤意

是该裂炸了！

昔日，

我们在地底，

流血、放汗，

劳筋、瘁骨！

今日，

你们走向桌下去吧！

我们要以劳动的圣歌，

在这世界——

日光耀放，

寒冰流解——

建筑一座人类的殿堂。

五一的柏林

我们严肃的队伍
开始为热烈的波涛冲破，
袭击！袭击！
愤怒的信号在群众中传播。
好像铁的雨点，从云端下落，
一阵紧迫一阵，
宪兵的马蹄敲着道路，
向，向着我们迫近！

迎战哟！我们的队伍，
为勇于迎敌的热情，
开始突破了行列，
满街，瞧！都是我们在狂奔！
雷电似的冲突！

暴怒的狂飙振摇全城！
铁与铁，肉与肉，血与血，
伟大的抗争！

暴乱的笑容展开在街头，
柏林的"五一祭"，
宪兵，军警，社会民主党，
我们是世界普罗列塔利亚的一分！
冲突吧，这是开始，
胜利的开始，
我们用枪来射击，
射击布尔乔亚的德意志！

队伍，突进，蜂聚，袭击，
街战栗，漫着杀的烟雾，
狂热的号呼代替了静寂，
每逢马路上奔驰飞步！
枪声鼓唱了新时代的新生，
红旗摇展开大斗争的前战！
攻击，攻击，永远的攻击，
斗争中没有疲倦！

写给一个新时代的姑娘

姑娘，你很美丽，
但你不是玫瑰，
你也不是茉莉，
十年前的诗人，
一定要把你抛弃！

你怎末也难想到，
你会把你的鞋跟提得高高，
头发卷而又卷，
粉花拍而再拍，
再把白手裹进丝的手套。

你是一株健美的英雄树，
把腰儿挺得笔直，

把步儿跨得轻捷，
即使在群众的会场上，
你的声音没有一些羞涩。

姑娘，你的手为劳作磨得粗黑，
你的两颊为风霜吹得憔悴，
但你的笑声却更其清脆，
你的眼珠也更加英伟，
你很配，姑娘，扯着大旗前进！

姑娘，你是新时代的战士！
姑娘，你是我们的同志。
我们和你握握手吧，
我们来和你亲亲嘴吧！
最重要是，我们和你同作战，同生死！

囚窗（回忆）

你，惨然的，沉默的，
我们透过只看见雪似的霜，雪似的霜，
何时，你映射着红日，
你这苍白的，死寂的窗，死寂的窗？

你幽然的睁视，
兀似的狱的眼睛，
你绿苍色的光，
钻痛着，扭扼着我们的灵魂。

我们要自由的呼吸，
你沉惨的沉默不语，
我们要光明的太阳，
你的黑暗，沉默，苍白充满了穹宇。

前进吧，中国！

前进吧，中国，
目前的世界——
一面大的旌旗，
历史注定：
一个伟大的撑手；你
前进吧，中国！

一九三———的地球，
是新的圆体，
我们的时代，
是浸在狂涛里，
不一定是为了太平洋的叛乱，
不一定是为了乌拉尔的旌旗；
每个砂砾都叫喊你：

中国，前进，中国！

你是宇宙的次子，

复得乐园不在这时，

一切的罪恶，

都磨练了你的意志，

一切的魔障，都寄附在你身体，

你今日，听，

从波罗的到好望角，

从苏伊士到孟买城，

从菲律宾到南美洲，

都是声音：

中国，兴起！

你是第二次十字军的领首，

你是世界大旗的好擎手！

前进！中国！

1930.1.19

奴才的悲泪

——献给胡适之先生

主人，你万主之主，
用火烧我的骨吧，
用铁炼我的皮吧，
我是你最忠诚，
最忠诚的奴才。

你残暴的高压，
已燃灼了叛乱的火焰，
你拙笨的手腕，
已暴露了你苍白的假脸，
你狂跄的步调
报到已走到坟墓前！

愿天哟，

把你的眼光回转，

奴隶们只尚为欺骗，

革命的火焰，

只有用温水还得暂时敌对。

是的，忠言逆耳，

是的，良药苦口，

但你不能不相信，

即使火化了我的骨头，

我始终未二我的忠心！

主哟，万主的主，

死迫在我俩头顶，

只有，只有你把手段稍改变，

主奴俩还得一时逃成生，

"至少，至少"你要把粉搽搽脸！

　　附白——中国没有过讽刺诗，这是我的试作，亦仿胡适之先生的"尝试"之意，故以献胡先生。

五一歌

在今天，
我们要高举红旗，
在今天，
我们要准备战争！

怕什么，铁车坦克炮，
我们伟大的队伍是万里长城！
怕什么，杀头，枪毙，坐牢，
我们青年的热血永难流尽！

我们是动员了，
我们是准备了，
我们今天一定，一定要冲，冲，冲，
冲破那座资本主义的恶魔宫。

杀不完的是我们，
骗不了的是我们，
我们为解放自己的阶级，
我们冲锋陷阵，奋不顾身。

号炮响震天，
汽笛徒然催，
我们冲到街上去，
我们举行伟大的"五一"示威！
我们手牵着手，
我们肩并着肩，
我们过的是非人的生活，
唯有斗争才解得锁链，
把沉重的镣枷打在地上，
把卑鄙的欺骗扯得粉碎

我们要用血用肉用铁斗争到底！
我们要把敌人杀得干净，
管他妈的帝国主义国民党，
管他妈的取消主义改组派，
豪绅军阀，半个也不剩！
不建立我们自己的政权——
我们相信，我们相信，永难翻身！

巴尔底山的检阅

虽则，我们没有好的枪炮，

虽则，我们缺少锋利的宝刀，

这有什么关系呢，

我们有的是热血，

我们有的是群众，

我们突击，冲锋，浴血，

我们守的是大众的城堡。

同志们，

站近来吧，

整一整队伍，

点一点人数：

举起我们的拳头来，

检阅了，再开步。

看，我们砍了多少横肉的头？
看，我们屠了多少凶恶的狗？
我们的成绩：不够，不够！
野火烧红了地线
喊声震撼了九天，
我们的口令"开步走！"
冲、冲，冲到战阵前头！

梅儿的母亲

"母亲，别只这样围住我的项颈，
你这样实使我焦烦，
我怕已是软弱得无力离开床枕，
但即使是死了，我还要呼喊！

"你怎知道我的心在何等的沸腾，
又岂了解我思想是如何在咆哮，
那你听，这外边是声音，解放的呼声，
我是难把，难把热情关牢！

"听呀，这——吁——吁——吁
子弹从空气中飞渡，
妈呀，这是我，你，穷人们的言语，
几千年的积愤在倾吐！

"哪，外面是声音，声音，
生命在招呼着生命，
解放，自由，永久的平等，
奴隶是奴隶们在搏争光明，

"上前哟，劳苦的兄弟们，
不怕流血，血才染红旗，
世界的创造者只是我们，
我们要在今天，今天杀尽魔君，

"母亲，让我呼吸，让我呼吸，
我的生命已在这个旦夕，
但使我这颓败的肺叶，
收些自由气息！

"别窒死了我，我要自由，
我们穷人是在今日抬头，
我是快乐的，亲见伟举，
死了，我也不是一个牢囚！"

我们是青年的布尔塞维克

我们是青年的布尔塞维克，

一切——都是钢铁：

我们的头脑，

我们的语言，

我们的纪律！

我们生在革命的烽火里，

我们生在斗争的律动里，

我们是时代的儿子，

我们是群众的兄弟，

我们的摇篮上，

招展着十月革命的红旗。

我们的身旁是世界革命的血波，

我们的前面是世界共产主义。

我们是劳苦青年的先锋军，
我们的口号是"斗争"！
嘹亮，——我们的号筒，
高扬，——旗儿血红，
什么是我们的进行曲？
"少年先锋"！
伟大是我们的队伍，
无穷是我们的兄弟，
共产主义青年团，
新时代的主人翁。

我们是资产阶级的死仇敌，
我们是旧社会中的小暴徒，
我们要斗争，要破坏，
翻转旧世界，犁尖破土，
夺回劳动者的山，河！
我们要敲碎资本家的头颅，
踢破地主爷的胖肚，
你们悲泣吧，战栗吧！
我们要唱歌，要跳舞。
在你们的头顶上，
我们建筑起新都，
在你们的废墟上，
我们来造条大路，
共产主义的胜利，
在太阳的照耀处。

我们不怕死，

我们不悲泣，

我们要破坏，

我们要建设，

我们的旗帜显明：

斧头镰刀和血迹。

战斗的警钟响彻了天空，

是时候了，全世界无产青年快团结！

齐集在共产青年团的旗下，

曙光在前——

准备刺刀枪炮，袭击！